我 寻找 一切 貌似 鸟 的 东西

唐不遇 —— 著

孟繁华 张清华/主编

情感共同体
80后作家大系

山东文艺出版社

图书在版编目（CIP）数据

我寻找一切貌似鸟的东西 / 唐不遇著. -- 济南：山东文艺出版社, 2024. -- （情感共同体·80后作家大系 / 孟繁华, 张清华主编）. -- ISBN 978-7-5329-7197-8

Ⅰ. I227

中国国家版本馆 CIP 数据核字第 2024YJ7737 号

我寻找一切貌似鸟的东西
WO XUNZHAO YIQIE MAOSI NIAO DE DONGXI

唐不遇　著

主管单位	山东出版传媒股份有限公司
出版发行	山东文艺出版社
社　　址	山东省济南市英雄山路 189 号
邮　　编	250002
网　　址	www.sdwypress.com
读者服务	0531-82098776（总编室）
	0531-82098775（市场营销部）
电子邮箱	sdwy@sdpress.com.cn
印　　刷	肥城源盛印刷有限公司
开　　本	620 毫米×1000 毫米　1/16
印　　张	13.5
字　　数	180 千
版　　次	2024 年 7 月第 1 版
印　　次	2024 年 7 月第 1 次印刷
书　　号	ISBN 978-7-5329-7197-8
定　　价	49.00 元

版权专有，侵权必究。如有图书质量问题，请与出版社联系调换。

总序
80后：一个情感共同体

孟繁华　张清华

"情感共同体"，是新近兴起的历史学流派——情感史研究的概念。这个历史学研究流派被称为史学研究的新方向，它在考量客观事实的同时，还关注到人的道德、行为、信仰与情感等因素。美国学者苏珊·麦特和彼得·斯特恩斯指出，对情感的研究改变了历史书写的话语——不再专注于理性角色的构造，而情感研究已有的成果已经让史家看到，不但情感塑造了历史，而且情感本身也有历史。当然，研究历史与情感的关系和研究文学与情感的关系，是完全不同的两回事。借助历史研究的"情感共同体"概念，意在说明，这个共同体是一个真实的存在，而并非空穴来风。

将80后作家群体看作一个"情感共同体"，当然也只是一个比喻，一如我们此前将70后看作"身份共同体"一样。任何比喻都是有欠缺的，但可以将比喻对象更形象地呈现出来。另一方面，即便是80后本身，他们也从不同的方面将作家看作一个"共同体"。80后有代表性的批评家杨庆祥，写了《80后，怎么办》一书，引起很大反响，特别是在80后群体中，反响更强烈。张悦然说："十年前80后主要是一种反叛形象，主要写的是叛逆青春，那时候的80后肯定不需要《80后，怎么办》这本书。但是到了现在，变化非常大。我的问题在于，这代人是不是变得太快了一点，好像青春结束得太早了一点，一下子就进入了一种很委顿的中年的状态里面。正是在这样快速的消失当中，我们这一代人需要停下来审视自己。"由此可见，杨庆祥的困惑切中了一代人的思想脉络。他书中提出的问题，比如"失败的实感""历史虚无主义""抵抗的假面""沉默的'复数'""从小资产阶级梦中惊醒""我们这一代没有真正的青春""我依然属于弱势群体""能够受到一些公平的待遇就可以了"等，因有极大的"共情性"，而受到了同代人的关注。这是80后内部对"情感共同体"认同的一个佐证。但无论如何，杨庆祥还比较客观。他终究还认为"我们是比50后、60后和70后更幸福的一代人"。这当然是另外一个话题。

在现代社会里，每个人都是当然的单个主体，但每一代人也必定有某种共性，虽然这共性也是被建构和解释出来的。80后的共性是什么？也许很难说清楚，杨庆祥的阐释或许也不能说服所有人。要想为他们找一个最大的"公约数"，确乎很难。但是，从某种意义上来说，这一代人有着相似的文化与社会境遇，却是事实。这种境遇在我们看来，或许就是一种历史的"错位感"与"迟到感"。他们成长的阶段，刚好是中国社会迅猛变革与走向市场化的年代，他们的童年与青春时代，经历了中国社会价值观的剧烈转换；而等到他们长成的时候，中国的社会已历经世纪之交，进入了一个阶层逐渐固化、机遇相对减少的时期。相对优越的成长环境、比较早地受到关注，与成年后的某种失落之间的落差，带给了这一代人特有的困惑与迷茫。

从这个意义上，与其说他们是一个"情感共同体"，不如说是"经验共同体"，只是这样说不够清晰和强烈而已。要想说得有效，而不只是"求正确"的话，那么"情感共同体"是一个必要和不得已的强调。但是须知，在情感体验与情感表达之间，也同样存在着巨大的差异，人的个性差异在文学表达中，尤其有决定性的作用，更何况，人所表达的情感，也未必是他内心感受到的真情实感。所以，从根本上说，即便是同代人，他们的创作也未必在同一个声音频道里。因此，恰是这些相同和差异，一起构成了这代人的整体特征。我们必须承认，现在我们讨论的80后作家，与刚刚出道时的80后作家已经非常不同。对那时的80后作家，社会和文学界都有不一样的看法，比如有的人认为，他们过早地被市场裹挟和被书商包装了，他们没有经历上几代作家所经历的那些制度性的历练，所以在他们之中也就"看不到跟经典写作接轨的作者"。同时还有一种看法，就是他们除了书写个人成长经验之外，很难进行真正的"创作"，对社会问题和社会公共事务还不具备处理的能力。

然而时过境迁，经过十多年的锤炼和努力，以及社会不同方面的合力培育，现在的80后已经蔚为大观，且早已实现了"纯文学"意义上的承前启后，逐渐成熟并走向了文学创作和批评的一线。为了培养文学批评队伍，中国现代文学馆已先后邀请了十余届客座研究员，这些人中的相当一部分是80后，十余届中已有数十人，其规模已足以令人生畏。更有第三届客座研究员，还将他们自己命名为"十二铜人"，显然隐含了自我认同的情感关系。鲁迅文学院多次举办"青年作家高级研修班"，参加者也多为80后。更有专门以培养"文学新锐"为己任的文学刊物或栏目，比如专门举荐文学新锐的《西湖》杂志，以及《人民文学》的"新浪潮"，《十月》的"小说新干线"，《北京文学》的"新人自荐"，《作家》的"处女作"，《天涯》的"新人工作间"，《民族文学》的"本刊新人"，《中国作家》的"新实力"等等，都培养了一大批80后作家。正如80后青年批评家行超所说，最近的这二十年，既是中国社会经济、文化思潮、价值取向发生巨大转变的二十年，也是80后一代从青春期的少男少女成长为家庭支柱和社会中坚力量的二十年。80后一代在生理和精神上的全面成长，必然导致如今的80后文学与此前呈现出若干显见的变化，世纪之交那种与市场需求、商业逻辑等相纠缠的青春文学，已逐渐在他们笔下消失，取而代之的，是在内容、主题、艺术手法等多方面都变得更加成熟、更加复杂的多样性的写作。到今天，在纯文学刊物、出版市场、网络文学等各个文学场域，80后作家都占有重要的位置。而这代人写作历程中所经历的变化，恰恰构成了中国文学在新世纪发展流变的一个面向。

从诗歌领域来看，80后的一代，似乎已经没有当年70后登场时那种明显的策略意识。他们既不急于标张自我文化身份的独异性，也不刻意强调与前代的继承性，在诗风上是相当"稳健"的一代。从社会身份看，他们也主要有两类，一类是"学院派"的，一类是"非学院派"的——隐藏于社会各界与三教九流，但共同点是，文化素养都相对较高。其中"非学院派"的一类在写作上更接地气，像丁成、阿斐、唐不遇，还有女诗人中的郑小琼、李成恩，他们都是现实感非常强的诗人，当然表达个性都各自有鲜明特点；而茱萸、胡桑、严彬、王东东则都属学者型的诗人，有很强的学院背景和诗学素养，他们的写作可以说都非常自信，有从容不迫的气度，既充满知性，同时又不掉书袋，殊为难得。这两类诗人，并没有像"第三代"那样分为"民间写作"和"知识分子写作"，他们几乎已经消弭了这些对立和差异。即使是像郑小琼这种出身底层、从"打工诗人"群体中成长起来的写作者，也体现出良好的素养，也写过许多具有先锋气质的，以及"纯粹植物"意义上的诗歌。

总体上，80后一代的文学评论家、小说家、诗人、散文家，已经全面覆盖当代中国文学的各个场域。为了推动这个文学群体的健康发展，鼓励青年作家创作，我们在编辑"身份共同体·70后作家大系"之后，应出版社之约，不得不继续勉力集合"情感共同体·80后作家大系"，深感使命难违，与有荣焉。但实在说，又恐因为年龄阻隔、代沟之障，对他们的理解和阐释其力难逮，说出外行话来，令方家和晚辈嗤笑。所以，多不如少，与其在这里喋喋不休，不如让读者自去判断。

致敬山东文艺出版社的朋友们，他们高瞻远瞩的文学眼光和情怀令我们感佩不已；也致意80后的青年才俊，他们的积极响应也令我们倍感欣慰。让我们一起努力，继续为中国当代文学的发展添砖加瓦。

是为序。

目　　录

总序　80后：一个情感共同体　/　001

辑一：岛

林中幽会　/　003

理发师　/　005

我的铲子　/　007

岛　/　008

蛇　/　009

搓衣板上的灵魂　/　010

辑二：我寻找一切貌似鸟的东西

真相　/　013

树冠　/　014

港口　/　015

我寻找一切貌似鸟的东西 / 016

我们不是铁钉 / 017

鸟 / 018

水杯和陶罐 / 019

妻子 / 020

爷爷的恐惧 / 021

很多人不是死了 / 023

真理的深度 / 024

看见 / 025

早晨的大海 / 026

挖掘机 / 027

泉 / 028

深夜的车祸 / 029

香气 / 030

密信（组诗） / 031

辑三：谣曲

硬币 / 049

秋天的一课 / 050

高速公路 / 051

拯救之物 / 053

洞穴 / 054

在死亡的磁性中 / 055

柔软的火车 / 057

芦苇 / 058

诱饵 / 059

新生 / 060

琥珀 / 061

塔 / 062

地平线 / 063

炼丹 / 064

上帝喜欢独自散步 / 065

悠悠 / 066

天堂 / 067

这是不是一首情诗 / 068

兰波 / 070

导师 / 072

自由 / 073

咒语 / 075

写作 / 076

黄昏的雨 / 077

水母 / 078

谣曲 / 079

这些年 / 081

窥视 / 082

黑夜的心脏 / 083

辑四：不惑

说出黑暗 / 087

大摇篮 / 088

鱼头豆腐歌 / 090

脸谱 / 091

回声 / 092

秘密 / 093

回家 / 094

立夏 / 096

不惑 / 097

枯枝 / 098

你双手合十 / 100

关于黑暗，关于光 / 101

末日的清晨 / 102

睡衣 / 103

无题 / 104

消失 / 105

学徒 / 106

修行记 / 107

肉铺 / 108

我们的生日 / 109

辑五：返航

少女与花 / 113

阎王的生日 / 114

给黑夜的情诗 / 115

夜宴 / 116

黄昏 / 117

灵魂 / 118

墓志铭 / 119

致特朗斯特罗姆 / 120

遗失 / 121

孤岛 / 122

偶得 / 123

月亮 / 124

抛锚 / 125

巫师 / 126

遗作 / 127

约会 / 128

记忆 / 129

冬至 / 130

蚂蚁 / 131

秋天 / 132

未选择的路：和弗罗斯特 / 133

月亮和鲸鱼 / 134

窗 / 135

黑暗的边界 / 136

腹语 / 137

祈福 / 138

我思故我在 / 139

在黑暗中 / 140

孤独的月亮 / 141

返航 / 142

辑六：死亡十九首

死亡十九首 / 145

死亡又十九首 / 158

辑七：夜饮：魏公村三章

流水：石肚溪三章 / 171

劳作：樟树下三章 / 174

夜饮：魏公村三章 / 176

黑鸟：白莲洞三章 / 178

大海：东澳岛三章 / 181

幻象：银桦路三章 / 184

喘息：日月湖三章 / 187

隐士：界狮路三章 / 190

暴雨：马孔多三章　　/　193

裂缝：地球仪三章　　/　195

辑一：岛

林中幽会

他们从最初的盟誓
进而讨论爱情的定义和真伪
我就像最后一片落叶
颤悠悠闯进黄昏的瞳孔
湖水是一种蓝,天空是一种
他们眼中有另一种破碎

我听到他们突然讨论起
乡下的出嫁,一些零碎的
"小姨""酒席"等等愉快的名词
这湖上没有天鹅,也没有野鸭
只有一片持续的笑声
制造着湖中的暗影

我想起十五年前姑姑出嫁
她拉着奶奶的手大哭
上了拖拉机;她们让我跟去
我茫然地坐着,不知道怎么办
拖拉机大口喘着气在乡间公路上
颠簸,就像这湖水荡漾

他们的愉悦就像这湖水荡漾

而我迷恋腐叶的气息,对未来没有困惑
直到我失去了爱我的人;哦现在
一场大雪骤降,把接踵而至的黑暗
照得明亮、刺眼。再没有别人
他们可以放心地搂抱,接吻

因为我走了,我要跟那只
同样沉默的乌鸦鬼混
它站在寒风中抖动
我已经忘掉那对情侣,而它
也会在另一块雪地上涂鸦
那就是最后一片落叶的终结

2002-9-8

理发师

这个理发师年轻,睡得少
深夜给我理发,直到
黑暗现出隐隐发青的大脸盘
我的头发,像晨光那样短

他会继续他廉价的玩乐
而我怀疑。我端坐着,偶尔
从镜中瞥见我的影子
黑沉沉,瘦削的双颊不断飘落

我理过的头像一颗
西沉的月亮
他也在沉落。现在我强忍住的悲伤
吹刮着;窗外,一架大风车

吹刮着他的厌倦。终于
他的眼皮耷下,犹如一场命定的灾难
任由我的头发疯长,彻底
遮住脸庞,像遭到遗弃的黑暗

只有在冬天来临,他被寒冷刺痛
才又把我想起;而今天

是春夏之交,漆黑的发尖
深深刺入无人理会的疯长之中

2003-5-9

我的铲子

黄昏时刻,看看我的铲子吧
我是夕阳的故土
而它像锐利的浮根

我的铲子,它插入我
铲开土的表层
下面,是两颗发黑的果子

储满铁锈和星辰的山包被掘出
一扇黑黝黝的窗子,打开
一列火车,闪动如睫毛
世界越开阔就越黑,越飘离窗户

2004-3-14

岛

我记起
一次环岛旅行,和女友一起
在岛上穿过一群渔民,看见
一个瘦骨嶙峋的男人
在户外的雨中,他老婆
帮他擦洗身子。黝黑的皮肤像树干发亮
我们想在雨中逗留,但
正值午餐时间,我们离去。不能吃的
寄生蟹躲在奇妙的长满刺的
长柄海螺里。我多想停下来敲敲他的骨头
告诉他,他的天蓝色裤衩
和他的老婆多么漂亮
对我们,要多冷漠就有多冷漠

他们是否整天吃鱼
而不带丁点儿鱼腥味

2004-4-17

蛇

一

蛇的滑腻，蛇的阴冷，蛇的恐惧
蛇的细长的腰

它盘在城市高大的建筑物上
使我有中毒的眩晕感

二

我怕蛇。有一次我在
暮色中的山路上
匆匆往家走，毫无缘由地

突然低头一看，右脚差点踩在
一条蛇身上，它那狰狞的三角形头颅
迅速地钻进草丛消失了

三

而此刻，我的脚
似乎还悬空在那里

2004—9

搓衣板上的灵魂

月亮,这个美丽的护士
用泉水清洗你布满阴影的眼睛
但这不是真的
她正躲在乌云里睡觉

你蹬着满身细长的腿
迅速地穿过一个又一个黑夜
但这不是真的
一只手把你摁在床板上

我狠搓一个肮脏、干瘪的
灵魂,一件已被染黑的白衬衣
我把它牢牢抓在手里;我用冷水
浇它,使它变软、清醒

灵魂的泡沫脏水漏在
搓衣板的凹槽里。再次冲水
然后我把它拧干,晾在
赤裸裸的起毛的旧绳上

2004-12-11

辑二：我寻找一切貌似鸟的东西

真相

巨大的真相呈现
它更像彻夜狂欢后
悄悄升起的黎明
露出安静、厚实的圆腿
令人想抱着它沉睡

昨夜它太小,小得犹如
大象的一根毛,一线月光
但是坚硬——比悲哀更坚硬
探进你的瞳孔深处
为黑暗掘墓

2005-1-19

树冠

谁用绿色的树冠锁住音乐
那把变黄的钥匙掉落
我弯下腰去捡。整个世界的脚步
渴望一种力量被释放

是我出生的年代聚集的乌云
是这乌云睁开闪电的眼睛
撕裂了二十年来缠绕的风声
最后进入隐身的锁孔——我撑起

梦醒后,沉重的树冠
但有些东西它不能穿透
比如,那避雨的鸟
那未来的一声声寂寞的鸟鸣

2005-4-29

港口

在这片灰蒙蒙的工业看来
夕阳像一块脱落的红砖

那些鸟儿居住的天空
正变成一座黑沉沉的废墟

一只鸟在昏黄的街灯下
悲伤地梳理着被组装起来的羽毛

那个从土地生长的诗人
有一颗野心：带领波浪的拆迁队

和词语的农民工到来
拆除这座城市，建立一片麦田

而倾听着大海机器般的轰鸣
你给这个世界贴上不合格标签

2005，2023

我寻找一切貌似鸟的东西

我寻找着一切貌似鸟的东西
小小的脑袋,尖而弯的长嘴
一双带有利爪的细脚,优美的双翅
一切貌似鸟的东西齐声哀鸣

我寻找着一切貌似人的东西
站着走来走去,手中握着什么
窃窃私语,嘀咕着森林听不懂的语言
一切貌似人的东西步上高楼

2005—8

我们不是铁钉

我们不是铁钉,是木钉
会变钝,但不会生锈
会断裂,但不会弯曲
会腐烂,但依然尖利
埋伏在灵魂的树中

我们不是铁钉,是木楔
制家具时,需要提前
在木头上画线,凿眼,楔入
而不能直接钉入
借助于一种爆发力

仅仅一次,也是最后一次
在一位巧匠手中
为了打制一件家具、一扇门
我们被榫接得
那么坚固、灵活:完美

2005-9-21

鸟

宇宙是一块巨大的岩石
它有时发蓝,有时变暗
当暗的一面形成梦境
我就直挺挺躺下,变得透明
我梦见一个男人在岩石的
洞口张望。一只鸟
停在我身上,我从它身上迅疾飞出
我又飞进另一只鸟的身体
在孤独的岩石中飞行

2005-11

水杯和陶罐

开始她是一只透明的水杯
后来她变成了一只陶罐

开始她就摆在那张桌子上
在干渴的阳光下,安静而温润
等着大胆的触摸和亲吻
她那么光滑、美丽
被她滋润过的喉咙
能够述说爱情的痛苦和甜蜜

现在她蹲在那个角落里
粗糙、阴暗,没有人注意
和那些生活的杂物放在一起
自己也装满杂物:盐、腌萝卜,或干肉
她看上去就像一个谜
没有人去猜,也永远猜不透

2006-3-8

妻子

妻子是一种体裁：说明文
就是说明农药怎么使用
葡萄怎么酿成酒的
那种体裁，来解释生活怎么过

基本词汇是：柴米油盐
拌嘴，孩子的未来
篇幅必将经过三次增删
从长到短，从短到长

这是一种合乎规矩的体裁
合乎规矩的文字，但很多男人
只会涂鸦，在泛黄的稿纸上
把鸦爪伸出淡绿色方格

而当孩子们在雪白的墙上涂鸦
经过的男人开始觉得刺眼
突然间，他抓住了核心词语
像一匹马狂奔回家

2006－5－11

爷爷的恐惧

你老了。在电话里
你谈到村里某某又过世了
最后,你还会加一句:你认识吗
不,我不再认识他们

十年前停止种植的庄稼
继续在你的灵魂里生长
吸取着你的水分和养料
但是,将不会有收割的喜悦

谷仓里只剩下空气。我记起
前年,你站在麻雀飞落的树下
某个人问起你的年龄
你的回答突然撑开那棵树的阴影

你的脸在我眼前闪现,越来越
干旱,裂缝似乎逼近
地下更深的地方。我担心
一场雨冲毁而不是拯救你

一股沙沙响的风吹来
黑暗中冰凉的雨滴

落在你无法把握的衰老的肉体上
落在我无法把握的成熟的肉体上

2006-8

很多人不是死了

很多人不是死了,而是消失了
他们的目光会在某个清晨
从他们凝视过的镜子里
慢慢渗出来,变成迷蒙的水汽

很多人不是死了。很多人
根本没出生
他们找不到这个世界的子宫
就像另一些人,死无葬身之地

2006-8-5

真理的深度

一个深埋着头的
建筑工人或木匠
他所达到的真理的深度
任何诗人、哲学家
医生和律师都达不到

在四面包围的风中
他的真理矗立着,构成了家
那一堵堵墙,那一扇扇门
那些床、桌子、椅子、柜子
世界呈现出深度只因为
庇护我们的家的存在

而真理的创造者
他用石头砌出人的骨架
用各种颜色的泥土糊上
再用灵魂的刨子
推出一个个光滑的人
他满意地抹了一把汗水
我们满意地占领了整个世界

2006-8-24

看见

我摘下眼镜,让微风吹拂眼睛
在这个美好的初秋的早晨
你看见什么,你的心
就呈现出什么形状
而我感到高兴
因为我看不清世界
只看见了风
和它头上的蓝色眼窝

2006—9

早晨的大海

我们都醒来了
我们在甲板上合影
我们的面孔朝霞般挨挨挤挤
每一张嘴
都像背后升起的太阳

而太阳像观看旧照片的人
俯视着我们

我们经过一座小岛
岛上的人们等待着我们
但我们只是经过
我们只是
大海发出的轻微鼾声

2006—11

挖掘机

附近的那个建筑工地
吵得你心烦
使你不得不一次次走到窗前
眺望它

早晨,雨水刚停
撕开湿漉漉草皮的挖掘机
似乎也深深插进你的身体

有一次,雨水打在黄色安全帽上
而高潮的摩天大楼
盘卷着你的身体昂然挺立
像一条蛇
又溜回你潮湿的心里

夜里,一切重归宁静
你突然变成一台疯狂的挖掘机
缩回长臂,放在胸口
给所有挖掘机
做了一次徒劳的示范

2006—12

泉

一口泉感到孤独
因为它不知道
它和遥远的大海的联系
一个疲累的旅人在水面
看见自己的脸
然后亲吻自己

一只蜻蜓来到这里产卵
不久和无名野花一起死去
一只鸟俯身痛哭
在柔软透明的心脏里
时间寂静而皱缩
一枚鸟蛋轻轻破裂

我的工作是漂洗落叶
直到它们彻底干净
我的报酬是倒映的白云
天空那衰老的墓穴,和我一样
无法闭上泪水盈眶的眼睛
停止观看消逝的东西

2007—4

深夜的车祸

一场车祸在夜里发生
但很快,一切已恢复宁静,只有
黑色树叶像尖叫的余音

你朝街道推开窗户
玻璃有条裂缝。飘动的白云
仿佛一块纱布

黎明正一点点降临。突然
一个鬼魂爬起身走了
弥漫的黑暗回到他身上
真正的血从天上流下

你关上窗户,穿上衣服
推开门,消失在一个
充满逃逸肇事者的人间

2007—10

香气

我多么想让上帝
向我们祷告
而我满足了他
没有饥饿,也没有献身

在多雨的日子
我愿成为一束枯枝
我体内的火正静静腐烂
成为泥土和童年

在幽深的炉灶前
我曾用力地把它吹旺
泪水被烟呛醒
香气也随之醒来

2008-8

密信（组诗）

印象派的日出

家生病了吗？家厌倦着
这同一个进进出出的身体
破旧的大门上
钥匙比遗忘更失落

某天，印象派的日出
停留窗前——在反光中
我那声称从不厌倦的女友
摆弄着她的花盆

她说不喜欢这个比喻
白云像一团抹布
天空越来越蓝，抹去记忆
呈现更深远的梦境

现在我搬进你的身体
代替搬家，家的身影
像落叶一样被安回树上
等着被根吸收

2005-7-24

索瓦的童年

她离那个小女孩越远
就离我越近
我能给她的安慰
就是咬断纠缠她的恶魔的喉咙
但这血腥的场景吓坏了她
她紧抱着我
我把撕咬变成吻

我吻她看见过死亡的眼睛
同桌淹死后浮肿的蓝绿色脸
孤苦的邻居上吊后一周
被裹着白布抬出来
每天晚上下自习，要经过一片坟场
男孩子躲在坟墓背后
叫她的名字

她每天晚上做噩梦
她的哭声没有感动童年
仅仅把我唤醒
黄昏时，他们把她一个人
锁在教室里，面对黑夜的降临
现在我把她紧紧抱住
试着与死者妥协

2006—2

三月

我再次以草地的角度仰望天空
我无须枯萎,以从空中飘落
草尖滴着血,滋养着太阳

一片新的叶子痛苦地说
我想趴在地上亲吻她们
我想变成马、牛、羊,啃啮她们

在人类这棵大树上,我不再属于自然
身体暖烘烘的,那奔涌的血
不同于我认识的另一种血

这血不能使太阳生长,不能
让我和我爱人翻滚在草地上

2006-3-3

我的诗

我写诗时
妻子总是陪伴着我

如果你读到爱
那全是她的赐予

如果你读到恨
那是我深深的抱怨
对于生为人的不完美

2006-5-13

纯洁

我妻子不再是个处女
她因此而更纯洁
她将为我生下一个孩子
鼻子和嘴巴像她,眼睛像我

这世界在我眼中的
将通过她的嘴说出
他生来就不是懵懂无知
他的哭声证明这一点

我们的另一个孩子
也许会出生,也许不会
爱,永远在脐带中
紧紧缠绕着你的子宫

2006-5-15

百合

妻子买回两枝含苞的百合
一件白色连衣裙
上星期是几朵玫瑰

花在她眼中就是花
当我这样写下时
她反驳说:不,是幸福

她在镜子前微笑着转身
在我面前兴奋地走来走去
问我:漂亮不
我说:漂亮

花已经插进玻璃花瓶里
水将滋润它们一星期
直到它们枯萎
被小心翼翼地扔掉
新的花来装点我们的生活
新的美,或如她所说,新的幸福
我们的生命也因花期而延长
尽管只延长一星期

而对某些人来说
那仅仅意味着花圈

这个结尾太过灰暗
她不喜欢

2006-5-19

上帝写给我的信

你是上帝写给我的一封密信
正如我是上帝写给我母亲的一封公开信
你只喜欢被我捧在手上阅读
而世界总是想偷窥你

因为你,上帝将给我写第二封信
我们的孩子
在我死的那天,我会回信给他
(感谢他)
那一天,一万双脚在我身上
盖上重重的邮戳
但只有你盖在我额头上的那个邮戳
才真正有效

2006-6-28

不明飞行物

在舌头快速运转时

我总是把女孩读成鸟儿

虽然分不清

她们肩上挥着翅膀

还是刀剑

有一天我的语速

和婚姻一起慢下来

我回家时，总是

先按响门铃，然后

掏出钥匙开门

狗吠叫着迎接我

妻子挥着锅铲亲吻我

一只手再次热烈地

把运载我回来的

不明飞行物关在外面

2007—7

吮吸

妻子像昆虫一样趴在地上

给太阳花们哺乳

太阳温柔地抚摸她们

就像真正的丈夫和父亲

我在阳光中融化成她们的影子
闻着她们的香味
然后,沿着花枝往上爬
像一朵雄性的玫瑰
悄悄地在她背后出生

这样,我也是她和太阳的孩子
可以大胆吮吸她的乳房
而不必担心被孩子们看见

2007—8

真实的记录

妻子在试衣服,我在床上看
她的认真和喜悦感染了我

她使一条怀孕时穿的裙子
变得宽松而漂亮

她使阳台上硕大的玫瑰开了
枝上的每一根刺,都化作蜜蜂

这是世界上唯一没有痛苦
而且美妙的分娩
2008

和妻子散步

和妻子散步一上午
走在树、花草和池水之间
没有听到鸟叫声
妻子的肚子微微凸起
像一枚光滑的鸟蛋

此刻,阳光炽烈
天空静静地垂挂着
绿色的时针,我们在树上
寻找巢。年轮
只是在我们身上生长

仿佛过了很长时间
我抚摸着妻子的肚子
它注定仍会膨胀
形成另一个地球
从内部响起清脆的啄壳声

2008

分娩

一

我仿佛听到了哭声,但不敢确定
是不是真的。从门缝里
什么也看不见。我的心
被染着大片鲜血的床单
裹着:嘶哑的叫声
渐渐裂开,等待一根针
把它缝起来。线,穿过细小的耳朵
时间漫长得足以使人产生幻听

但我快乐而又骄傲,像是
一个被撬开的闷罐头
散发着香味

二

从那道窄门里,首先推出的是
妻子虚弱的笑脸,然后才是
刚出生的女儿,躺在她的
双腿之间,裹在陌生的衣服中
我像个激动的傻子,只是俯下身子
在她耳边说:你真伟大
熟睡的女儿也一样伟大

你们都是从撕裂的疼痛中
挣扎活下来的生命,一场大地震的幸存者
我比以前更爱你们:每次给你们拍照
我都像经历了一次分娩
记忆比产道更柔软
没有痛苦,但是有闪光灯

2008

给女儿

你睡了。摇篮自己开始摇动
一列慢悠悠的绿皮火车
在上帝的双手之间往返
从空气驶向水,又从水驶向空气

刚刚哭过的你,为平安抵达
而进入恬静的梦中。我第一次
接站,仿佛听见天使般的列车员
用温柔的声音为你报站

那是妈妈像车站一样结实的乳房
她把左边乳头塞进你嘴里
而我站着,像右边的那只乳房
感觉无比鼓胀。我激动而又

小心地接过你,让你的头靠在肩膀上
轻拍你的背,让你吐出空气
正如在产房前,你的哭声把我抱起
我因为焦急的等待而吸满空气

旅途在继续。你以投降的姿势
继续沉睡。而我继续醒着
带着喜悦凝视你,仿佛那场
艰苦的战役已结束:胜利者是我

2008,2023

结婚纪念日

在熟睡的天花板上
一只蓝色的水母呼吸着
慢慢变成粉红色
一对翘起的莲蓬喷头

用它们的光沐浴我
而你披散的长发
对于我仍是太多的秘密
用柔软的鳃吻着我

犹如湿漉漉的夜晚
月光被洒进海里

网拉上来时也许一无所有
却带着海水的重量

2010-8-1

台风

我们结婚十周年这一天
台风"妮妲"正每小时二十五公里
全速袭来。我们漂泊的
这座海滨小城,已经历了
许多次强台风——十三年前的
秋天,"杜鹃"就差点
让我送命。我幸运地活下来
八个月后,又幸运地
遇见你。那一年却台风稀少
只有一个美丽的热带涡旋
在初夏的洋面上早早生成
让空气剧烈上升、骤然
凝结,释放出巨大的
潜热,形成超强台风,正面登陆
我的身体。我在午夜葬身于
一片汹涌的大海,黎明时
又像一条鲨鱼一样复活
勇猛地面对咸涩的生活
我们紧紧相拥的灵魂

构筑了一座坚实、透明
可以移动的房子,有着逆时针
旋转的大门。我们的心脏
不停地泵着风,孕育
更多的心跳。2008年9月
我们的女儿带着强台风"黑格比"
穿过你的身体,降临人世
在黄昏引发百年一遇的
风暴潮,然后又像台风一样
迅速生长。现在,又一个黄昏
我和你走进先行肆虐的
狂风和暴雨,来到那个
生意依旧不好不坏的小餐馆
面对面坐在靠窗的桌前
吃着纪念日的简朴晚餐
夫妻肺片、口水鸡、素菜钵
这是我们生命中第一次
互相凝视的地方。窗外
一根粗大的树枝已经被折断
我们平静地等待着台风"妮妲"的到来
就像等待第二个女儿的诞生

2016-8-1

海豚
——为小女儿而作

我们来游泳:我先是在浅水区
抱着你游,然后独自游到
深水区。台风已经过去
结束了迁徙的表演
我的头迅速地潜入
又浮出水面,游向天空中
一望无际的平静
我想起电视里的画面
我喜欢那群欢快的海豚
它们婴儿般叫着,高高跃起
落下,又跃起
旋转着前进
动作整齐,好像蓝色大海上
一把扇动的白扇子
好像大海在念诵
一段深邃而优美的经文

2022-8-19　瓜瓜三岁生日

辑二：谣曲

硬币
——海子二十周年祭

在巨大的楼盘广告下
我们读你的诗,把麦子的意象
换成硬币。这样更容易理解
你很穷,你的诗
就是一袋哐当作响的硬币
从未花出去,纷纷掉落在铁轨上

在你硬币的两面
是太阳和黑夜
如果命运摆在我面前
我也将选择抛硬币决定

铁轨生长,呼啸而来的火车
把硬币碾压成刀刃
一节记忆终止于那一年的车厢
载满了陌生人和空气

硬币被碾磨很久,那掉落的声音
才传到这里
因为那声音要涉过重重波浪
那波浪要拍碎在整齐的堤岸上
2009-3-28 凌晨

秋天的一课

欢呼吧,虫子们打入了敌人的内脏
而老师们,那些长着尖嘴的鸟
只摩擦着敌人的皮肤

公鸟们耍起高难度杂技
比如把头藏进屁股的羽毛里
比如飞越太阳的火圈

而虫子们更喜欢魔术
树枝从衣袖里掏出花朵
果实从嘴里吐出种子

母鸟更浑圆,饱满
像是掌声,那滚烫的下课铃声
在空中消失

2009-9-4

高速公路

我们的身体是一条高速公路
发生过很多事故
众多灵魂在此追逐,碰撞
燃烧

我们的骨头僵硬
无法张开双臂,拥抱这些灵魂
我们的双眼、双耳、喉咙
都灌满了沥青

现在,不得不跃过宽阔的河流
穿越幽暗的隧道
车轮和波浪形成
汹涌的坐标

现在,不得不吞噬
一片又一片古老的村庄
像牛一样反刍
无法转世的灵魂

甚至当我们破败不堪时
还向那些灵魂收费

进站,出站
它们有序排队

我们的身体有很多出口
在地图上输入目的地
不会显示墓地
而是那些陌生的城市

飞驰的鸟像救护车拐入
那条更迅疾的道路
它呼啸着,引导受伤的灵魂
提前抵达遥远的终点

2009,2020

拯救之物

黎明在新的面孔中醒来
没有人感到饥饿

拯救之物塑造着房间
和那个孕妇的肚子

门缝仿佛一本书的双唇
在光中开启。那语言所有人都懂

白色的走廊漫长
足以诞生又一个生命

2009

洞穴

整整一小时,我才抵达
这里。我喘息着

举起闪电擦汗。山谷里
石头和树木一起生长

如果我能进入你的洞穴
我们就将一起回忆
遥远的夜晚,赤裸着身体的月亮

在眩晕的迷宫
成为唯一燃烧的出口

2009,2022

在死亡的磁性中

一

年轮就像蛛网,一圈又一圈
扩大,蹲伏在中间的

是一枚落叶。它听着风声
迅速捕捉光线般靠近的

神秘的猎物。也许我们可以
把这当作一面古代的罗盘

在一种死亡的磁性中
枯黄的叶柄,永远指向南方

二

死亡总是在春天生根、发芽
长出嫩绿、柔软的枝条

你看着他,像回到了童年
在风中学步,轻轻摇摆

你看着他,脚步一天比一天
坚实。在甜蜜的等待中

他伸出挂满果实的手臂搀扶你
然后腾空自己的身体拥抱你

2009,2023

柔软的火车

星星,那些搅拌机里的碎石
裹着深灰色的水泥
被用来建造一座新的房子
从天窗漏下的光
照着屋子里缓慢环行的火车
今夜,所有穿越黑暗而来的出生者
都是你崭新的车厢
装满了哭声

2010—6

芦苇

当女人弯下腰
嘴唇轻轻触碰着流水
河底的石头
突然融化成盐

游动的鱼消失在她的
双腿之间
纤细的身体像一支吸管
含在风的嘴里

世界没什么改变
河水没有变浅
泥土也没有增厚
只是风在慢慢变咸

2010—7

诱饵

河流喜欢你的身体,鱼也
喜欢。你赤裸着
犹如一粒光滑的卵石
落进水中,溅起一片白云

此刻,一个红色的姑娘
在上游洗衣服
那长长的波浪般的辫子
在她的胸前晃动着

即使河水很快就会变黑
你也要游向深处
在黄昏湿漉漉的天空
月亮只不过是一块诱饵

2011—2

新生

第二次,你将出生在水里
而不是空气中
你将像一条鱼或一根水草
啄破流水的壳,重新呼吸

你将拥有新的睡眠,一个新的母亲
你注视着她——仿佛一个倒影
给了你模糊的记忆
你不在她的子宫中,倒更像

她刚从你的身体里出来
脸皱皱巴巴,挂满泪水
你脱下泛起涟漪的衣服
作为褟褓,把她轻轻裹住

2011-3,2020-5

琥珀
　　——致丈木

石头瓮子里装着什么
云和酒

松果像钟锤摇摆
脱落,月亮竖起一个指头

我想成为一颗琥珀
有着双重的呼吸

心,是一只熟睡的蝉
几点了

2011-3-13

塔

每棵树都是一座缓慢生长的塔
塔里，站着一个人

他踩着年轮那越来越窄
越来越陡的旋梯上升

来到塔顶，他发现一把皈依的斧头
盘起锋利的腿，正在打坐

它将引领他度过
无比漫长的弥留时光
直到斧柄和人世的锋芒一起腐烂

而在塔外，时间的手纷纷飘落
带着慈悲的掌纹

2011，2023

地平线

在地平线那边,有人在焚烧落叶
火光仅仅使地平线亮了一会儿

而在这边,落叶堆在地上
点燃它们——太危险了

我取出我收藏的落日
伪装成一个灯泡

灵魂的钨丝燃烧着
让一群群扑火的飞蛾眩晕

人类如晦暗的枯枝
掉落在床上,带着一阵鸟鸣

影子以梦的形式度过黑夜
地平线已成为灰烬

对你来说,死亡就是
把飘散的火光聚拢,再度焚烧

2011,2023

炼丹

月光被大海的凸透镜
聚成一堆火。秋刀鱼
在夏天的夜晚成熟
珊瑚渗透出细细的盐粒

他们中有些人已经爬上山顶
变成野菊花开向海滩
有些人正走在海面上
麻木的鳃立即开始呼吸

而我们坐在远处,不停地干杯
黑暗的泡沫在胃中卷向
一块冒烟的礁石
死亡没有门,只有一把锁

挂在空中。在我们离去之后
一个失眠的炼丹师
在海滩冷却的烧烤炉里
从灰烬中炼出火红的钥匙

2011—7—7

上帝喜欢独自散步

他散步的姿势像个哲学家,脚步
又轻得像个诗人
寂寞之时
他就丢下一颗陨石

他的终点是一座无人的旷野
在那里,他气定神闲地
打起了太极
为了使自己长寿

2011-11

悠悠

一只鹤俯冲的地方
一条河流垂直于大地
那里栖息着原始部落和鸟儿
峭壁和神一样

有一张刀削的脸
你找不到通向天空的梯子
草轻轻抖动着枯黄的羽毛
几个象形文字

像蜥蜴爬来。悬崖上
只剩下缄默的诗人
太阳是你种在地里的鱼
吐出不再破灭的气泡

2011

天堂

在天堂里睡觉,我的梦
是倒的:银河往源头
流淌,爬天堂的阶梯
就像潜水,要屏住呼吸

我潜入水底捡拾星星
每次,只能捡一个
我自言自语,等我醒来
我可以拿它们填补夜空的漏洞

在人间,我用一颗颗小石子
堵住每个事物的耳朵
为了满足我的口袋
我在水中潜得越来越深

我摸到了天堂的拱顶
我摸到了我正在做梦的身体
躺在黑暗的河床上
冒出一个个透明的气泡

2012—2

这是不是一首情诗

一 这是一首情诗

躺在你身旁，心在左边
落日滑向右边：你的手两边都摸索
直到它们像仙人掌勃然而立
把你刺痛，鲜血直流

南风吹来，一朵野花开放
美丽，犹如回光返照的脸
你浑身长满了眼睛
只使用一双就够了：望着我

不要让嘴唇也长满刺。在我们头上
一座永恒的屋顶，有着猫的气息
风慢慢吞咽着灰尘的唾沫
正如鱼艰难地游进沙漠

二 这不是一首情诗

这是玻璃碎片
曾扎着我的记忆
今早我把它们扫进垃圾篓里

各种颜色的血
在床单上形成奇异的图案

这是我们的床
昨夜我曾搂着你睡觉
一个夜晚,比七年还漫长
你裙子的拉链
缝合着我双眼的目光

房子散发着腥味
铁锅里煎着鱼
这是我不知如何啃噬的鱼刺
也是你绝妙的伪装
探测着我喉咙的深度

2009-3-31,2012-2-14

兰波

灰尘都追不上你。旋风停止在
你和一个炽热的大陆之间
你从愤怒的过去来到贫穷的未来
你的预言不是黄金

那一年,你像一根火柴
刮擦着巴黎咖啡色的磷
没有神奇的炼金术,只有语言
在孤独的空气中自燃

照亮了碧绿的苦艾酒
鲜红的血和白色的情人
你的手却像生活在别处的灰烬
飘过胸口,洒进临终的祷告

你为地狱树立了一个榜样
或者你绘制了一张噩梦的彩图
那些长棍黑面包般的喧嚣的街道
不过是这座城市的假肢

将重返你被幻觉折磨的身体
重新感受频繁更换的韵脚

落日这个词正发出最后的光
滚烫的沙子,已变成冰凉的泡沫

阳台如同醉舟,摇晃着
生着梅毒的夜晚的面孔
与其在这里观察星象
不如重回那星光寂寥的天空

2012-2,2020-6

导师

在这座密宗寺院里,我偶遇一只猫
它有着大师的胡子
趴在墙头,仿佛一尊神秘的法器
背后是雪山、落日、河流
弯曲斑斓的尾巴。树木
仿佛被寒风剃度的僧人
在庄严的诵经声中,雪从天空落下
而我犹如一只冒雪疾飞的麻雀

2012,2021

自由

这些年来它趴在床脚下
像一只超大号的蟑螂,颤动着
伸出笨重、冰凉的触须
探测那凝固的黑暗的深度

它恰好能望见窗外的天空
空荡荡的眼眶旋转着
拧开瓶盖;大地高悬着焦渴的头
银河跌落在黑色的花冠上

醉醺醺的铁,向晃动的北斗星问好
它砸开过记忆的核桃
对于记忆,它又钝又锋利
它曾劈开一根木头的天灵盖

火从干燥的颅腔内喷溅而出
它曾插入地里半尺深
直穿过一条蚯蚓的身体
而现在,它摔倒在呕吐物里

就像脏兮兮的死神躺在
一个潮湿阴冷的角落

舔着自己变咸生锈的脸
剑上，有黝黑的星光，死亡的味道

2012-6

咒语

树木在练习咒语
从幽暗的泥土飞出了鸟儿
风在练习咒语:它割破舌尖
把火喷向河流

一束光犹如一根羽毛
轻轻落在水面上
消失在火焰中:从
虚无的身体吐出的咒语

2013,2022

写作

当鲸鱼写完最后一个字
浮出海面,如释重负地
喷出一串长长的水柱
把虾蟹们喷向空中
连大海也松了一口气
但是这些词语注定不会
平静,将被寒冷的声音包围
变成深邃的蓝色
当鲸鱼沉下去,甚至波浪
有了自我涂改的冲动

2013-4-8

黄昏的雨

打开一本书的时候,鸟也张开翅膀
隔着一扇窗户,玻璃是透明的
这一刻我没有阅读
我只是看着鸟飞去
黄昏,下雨了。雨是最虚无的
读者。在夜晚的灯光下
看着窗外的黑暗
我的手指急于翻到下一页

2013-4-9

水母

天空,那水母的母亲
在照镜子。而水母们
在镜子的背后
一呼一吸,总想抓住什么

我们是水母的孩子
坐在沙滩上
在祖母的照顾下玩耍
天黑了,等着母亲带我们回家

2013-4-8

谣曲

在我的左边是一朵云
在我的右边是一条河
早晨,我们谈起了天气
和许多可爱的东西

我们总是坐在门口
从日出谈到日落
我们常常开心大笑
或者相对哭泣

从我们的声音里
飞出许多鱼儿和鸟儿
我们没有谈到的事物
在黑暗中静默着

我们是最好的邻居
谁也不愿意自言自语
夜深了,星星坠落大地
变成马和荆棘

另一条孤独的河流
在心窝上打了一个漩

又漠然地离去
就是我们告别的时候

我们各自摆摆手
云彩回到天堂
河流回到故乡
而我回到死亡

2013-7-20

这些年

这些年,你总是在夜里醒来
到厨房喝水
看见沉默磨砺着刀子
穿过客厅走到阳台
对着天空抽烟
为大地献上几颗星星
为黑暗增添几缕烟
你想,这些年
生活暗藏的火种
就像婴儿一样好动
召唤着灰烬的老年
然后你穿过客厅回到卧室
梦遇见你,而牙齿遇见舌头

2013—11

窥视

他紧紧握住门把手
经历了死亡般的黑暗
重新来到光中
他感觉自己正在缩小
犹如猫眼的瞳孔
有一只眼睛透过他
在朝外窥视
他决定,整日都不出门
用一把无用的钥匙
创造新的锁孔

2013,2023

黑夜的心脏

黑夜的心脏是狭长的
是横卧于大地上的
它不是火车,不穿梭于风中
它只是收缩着许多灯火

鲜浓的血液与众不同
它没有刚刚更换的牙齿
在黑暗中吆喝着,用力咬啮
风那消亡的肉体

它从未打算长途跋涉
翻越凹凸不平的简易床铺
从这一头爬到那一头
以鬼魂的方式钻入地下

黑夜的心脏是狭长的
而我是狭长的舌头
我将重新滑翔在星空下
留下它在铁轨上猛烈摇晃

它像一个疲倦的醉汉
仰望着星星们远去

不停地嘟囔着，而在人们看来
它是在梦中欢快地歌唱

2013-12-17

辑四：
不惑

说出黑暗

我喜欢说出黑暗,即便此刻
只有我的身体亮着灯
照亮这个房间,只有我一个人
落入想象,穿着鸟的睡衣

当我起身拉上窗帘,我发现
一棵树在窗外高举着
月亮的巢穴,正悄悄靠近
被叶子覆盖的种子在发出轻响

我今生见过的人,都扮演着死者
闭上眼睛,并肩躺在夜色中
他们的身体像地下作坊
生产着这个世界的寂静

我要说出的黑暗如鸟蛋
笼罩着一层缓慢而寒冷的光
只有关灯我才能写作
只有黑暗才能说出一句诗

2014

大摇篮

我乘坐大摇篮
穿过连绵的白云
我听见可怕的摇篮曲
越来越蓝

它渗入我的祷告
让大地的耳朵昏睡着隆起
它凝固着泪水
让万物忘记了眨眼

有人寻找,有人咿呀叫
有人在梦中笑
天堂啊,你日益稀疏的头发
高高地晃动

我乘坐大摇篮
穿过风的鼻孔
我听见起伏的鼾声中
一阵紧急刹车声

天堂啊,你的挡风玻璃
嗡嗡震动。我看见

一只乱爬的苍蝇
跌出大摇篮,变成黑天使

2015

鱼头豆腐歌

杀鱼者在江边洗手,洗出
一片红烧云,顺便洗掉了
扎进虎口的刺。他的妻子
新婚不久,在石头上捣衣

他看见,落日像一颗鱼卵
她感觉,那根粗大的木棒
正让她加速成饥饿的母亲
她把石头捣成了一块豆腐

像泡沫一样在火焰上飞散
冷却的江水重新开始沸腾
而空心的芦苇也感觉自己
正变成一根饥肠辘辘的葱

2015

脸谱

江水如同脸谱,众鸟唱戏
而鱼沉默。总有垂死的影子掠过
众树与我一起闭目
摘下脸谱,犹如一场告别仪式
月亮从背后照着我
这个凉薄的人世
吃着凉拌海带和青瓜
窗外,一头鲸鱼游向大海

2015,2023

回声

对他来说,一首诗就是
一座岛屿。而被删的词语
组成了礁石群,矗立在
岸边。不写诗的时候
他常常独自一人,坐在
那块黑色的礁石上
沉思死亡咸涩的意义
直到潮水重新涨起
他爬起来,像一只螃蟹
喷吐着泡沫,飞快地
消失于装满回声的海螺

2015

秘密

这句一直折磨着我的诗
已经渐渐模糊,融入
我穿了一整天的灰色睡衣
它结束了。而我从不完美的
痛苦和疲惫中站起身来
凝视着初升的月亮。我看见的是
这个世界的窗户
一个隐秘的入海口

2016

回家

一

我们通过降落伞
在天堂降落
我们毫发无伤
在云彩中安全着陆
俯视着月亮
我们深知生命
是一圈罪恶的光环
那里,只有火凝视我们
没有灰烬。那里,我们回家
好像无家可归
虚无比大地的尘土更耀眼

二

我们像风一样饥饿
被长着鸟嘴的
天使抱着,轮流躺在
母亲怀中。我们不知道
她永不枯竭的乳房
一只鼓胀着甜蜜的乳汁

一只装满干涩的尘土
我们一个接一个
像初生婴儿那样
闭上眼睛,用力吮吸
吮到乳汁,我们就笑
吸到尘土,我们就哭

2018

立夏

今天是立夏
可猫在叫春
它像伤感的词人
在屋顶和栏杆上徘徊
今天
要像雨水一样求爱
在夏季的开始
尽管天气像初春一样凉
栏杆像手臂一样湿滑

2019-5-6

不惑

我的头发白了一半
朋友消失了一半
我的诗也删去了一半
我一个人站在这半山腰上
捡起半块石头
用力扔向半个山谷
像扔出剩下的半点迷惑
我看它画着半弧,像夕阳
落在暮色的淤泥里
溅起半只漆黑的鸟儿
然后我走下山去
没有了影子,仿佛半个人
前面是刚刚升起的半个月亮

2020

枯枝

在这棵大树上,岔路繁多
每一条都通向悬崖
悬崖之上,栖息着无需道路的鸟
悬崖之下,我茫然地站立

像一条垂向地面的气根
我看见一根微微弯曲的羽毛
躺在那笔直的小径上
一个不易察觉的十字路口

伪装成旅行者的黄昏
在向我问路。我的回答
让他像风一样踏上
羽毛的道路,轻飘飘地上升

现在我看见每条岔路
都像幽深漫长的洞穴
长出黑色的叶子,成为一群
逝者的名字,在风中呼唤着

我也必须选定一条道路
或者像月亮慢慢升上悬崖

我听见一截枯枝

啪的一声，仿佛灵魂的骨折

2020—10

你双手合十

你双手合十。不,你更习惯
双手紧扣。在这个地球上
我们不断冒出地面的脑袋
一颗一颗的,好像雨后的蘑菇
不,我们更希望,我们是
摁在一幅昏黄地图上的图钉
把尖锐的耳朵探入陌生的大地
现在,你能清晰地听见
一条道路,正延伸进黑夜

2021—3

关于黑暗,关于光

你写作。关于黑暗
我售货。关于光

你在密不透风的房间里写个不停
我在透明的商店里苦心经营

黑暗和光都让人绝望
没有意义。没有尽头

黑暗永远是一件未完成的作品
光总是无人问津

2021

末日的清晨

末日的清晨,所有的匠人
都已醒来,从神创造的黑暗
走进神创造的光中

钟表匠在街头恢复时间
鞋匠在街头恢复速度
人匠在窗内恢复人而放飞灵魂

当你认识到你也是一个匠人
就放下尚未成型的虚无
打着哈欠,走到阳台

在瞳孔深处点燃一支烟
短暂地出现在整个世界面前
你发现一切都在复活,为了毁灭

2022

睡衣

我穿着睡衣写诗
写出一首诗
便可心满意足地睡去

尽管那也许是一首
不断被梦修改
在深夜不安地磨牙
醒来后面目全非的诗

尽管那也许是
一件清醒的睡衣

2022

无题

我做梦了。我梦见
黑暗的愿望正在成真

作为一个独自熬过黑夜的人
我已成为绝望的大师

我睡去时手放在胸口
而醒来时抱着自己的头

我代替所有消失的人
轻轻睁开眼睛

2022

消失

小溪在我眼前消失了
影子在我脚下消失了

天空在那片越来越宽大的
云后面消失了

而鸟在我越来越小的
身体里消失了

我的双脚像垂在地上的
翅膀收拢。我的羽毛消失了

2023—3

学徒

春天,那种骤然生长的力量
让他重新变成一个学徒
他的手犹豫不定地写下
一行又一行,犹如春光
匆匆掠过一根又一根枝条
要到夏天,他的意象和语言
才能稳定下来,接受思想的炙烤
要到秋天,他的诗艺
才能成熟,获得天空的
高远和简洁。而在冬天
他诗中的沉默终于显出了
他渴望的朴素、庄严和永恒

2023-3-19

修行记

黄昏,坐在一只蒲团上
陷入沉思。这蒲团
圆圆的,像一颗月亮

面对深不可测的暗蓝色的
天空,我打了许多诳语
它们像云一样飞散

只有死是唯一的真实
慢慢悟,进入涅槃
而把轮回的种子飘落人间

2023

肉铺

每天早晨你都会经过肉铺
每天早晨你都会盯着那把尖刀
闪亮的不锈钢刀柄
握在粗壮有力的手里

你感到阳光油腻而锋利
切开胸脯上的肉
你知道,上帝正坐在他那
巨大而湛蓝的大理石餐桌前

2023

我们的生日

一个我点燃蜡烛
在哀悼
一个我吹灭蜡烛
在庆祝

一个我许着愿
站在光中
灵魂好像精美的礼物上
缠绕的丝带

一个我唱着歌
轻轻切开
漂浮着甜甜的白云的蛋糕
分给你一小块天堂

2023

辑五:
返航

少女与花

在医院里,一束鲜花被献给
一个病危的少女

几天后,一个少女被献给
一束病危的花

2007-9

阎王的生日

夜深了
疲累的人们睡着了
小鬼们抬来了蛋糕
上面插着十八支燃烧的蜡烛
等着他吹灭

他每年都只有十八岁
是个冲动的少年

2009-1-7

给黑夜的情诗

我还活着。我还热爱
生活。此刻
你抱着我,曾被灯光的蝴蝶结
绑住的长发
倾泻着。镜子
突然变成柔软的被子
映照着你的双乳

2009

夜宴

我们轻轻摇晃着红酒
桌上杯盘狼藉
而我们的肚皮无比洁净
黑暗是最后的甜品

2009,2022

黄昏

黄昏,唯一的道路
通向那所空寂的房子

一个木匠用斧头劈开大门
木屑飞溅在最后的光中
一粒粒阴郁的火

2009,2020

灵魂

他决定隐身于艺术,而非灰烬
他从火中捡起一块木炭
在天空,留下一张炽热的自画像
上面还闪耀着红色的火星

2009,2023

墓志铭

他请求抹掉墓碑上的名字,以便
新的名字飞下山去
亲吻一个女孩子的嘴

2011-3-9

致特朗斯特罗姆

在蓝房子,靠海的窗前
你用左手弹钢琴
右手的五根手指
搁在胸前,像褪色的琴键

只有在深夜,世界的右边
才会被悄悄弹奏

2011—11

遗失

现在,灵魂越来越干裂
如同松树皮。现在
每一只飞逝的鸟儿
都像不可捉摸的终点
每一座被风吹干的松塔
供着天空遗失之物

2012,2023

孤岛

你的眼睛是两座孤岛
一阵沉闷的叫声闯入
那个男人的笔尖——他是
独角鲸
在他硕大的头上
坐着一个等待救援的人

2012-11-5

偶得

一个人驾着两艘船出海
有一艘必定会沉没
就像两颗星球
凌驾在大地上
有一颗正在沉落

2012,2021

月亮

这么多年我总是活在过去
我醒来时黑夜已成过去
人间已成过去。我曾比你更早抵达这里
一个影子等待月亮在天空中升起

2012，2022

抛锚

我停泊在这里过夜
一枝美丽的珊瑚
伸进轻轻摇晃的窗户,递给我
适合做梦的月光
但我醒着,从床上抛下我的灵魂
好像一只锈迹斑斑的锚
一只蹲在床脚下的黑暗中的猫

2012,2022

巫师

哦,这无边的宇宙
它和我一样无用
和我一样在寻找边界
今夜,我的嘴唇应该触碰酒杯
而不是无边的咒语

2012,2020

遗作

许多黑色的蚂蚁抬着
一只蜜蜂的尸体
就像密密麻麻的词语抬着
一个发亮的名字
如此惊人的遗作
震撼着我的眼睛

2012

约会

你觉得孤独,无所事事
想知道墓碑上刻了些什么

哦,那只不过是一张便条
上面写着:我等你

即使死后也得有耐心
等待一个姗姗来迟的人

2013-4-6

记忆

穿过一个滴着雨的树林
被锯断的树干
横七竖八地倒在地上
现在我读到的你
是一行躺着的湿淋淋的诗
而曾经你是竖排的
是供鸟雀栖身的繁体字

2013—6

冬至

我赶在日落之前洗澡
我干干净净地进入
岁末的黑暗和人生的中途
在这个一年中最漫长的夜晚
我的睡眠悠长
余生,仿佛来世

2013-12-22

蚂蚁

诗人必须对着过去的天空说话
必须写下几颗看不见的流星
而在他的脚下,流沙正在聚集
就像不知从何处而来的一群蚂蚁

2013,2022

秋天

我们喝酒,酒杯空了
我们竞赛,词语空了

一列垂直的火车
抵达我的脚后跟

我们带着木头牙齿
我们啃啮:梦境奔跑的速度

2016

未选择的路：和弗罗斯特

两条路我都没有选
它们像一把剪刀
锋利的两刃正在合拢
剪着我的去路，或归途

2016，2022

月亮和鲸鱼

月亮,每夜靠燃烧上百吨的煤
从海上升起
而鲸鱼,顺着神秘的甬道
一直往下沉,越来越深
黝黑,粗壮,流着冰凉的汗水
扛着生锈的铁镐
就像一亿年前的矿工

2016

窗

为了在深夜继续醒着
一扇窗吸收了世上
所有的光,独自亮起

而在黎明到来时
它又独自暗了下去

2021,2022

黑暗的边界

一个男人梦见自己穿着睡衣
倒挂在屋檐下。他无法
像蝙蝠一样,飞越黑暗的边界

2021

腹语

这神秘的腹语,来自一座
苍老的钟,来自一条
缓缓涌过你身体的河流
零点。它已抵达你身体的最低处
舔舐着气泡般浑圆
洁白的卵石。它渴望上升

2021

祈福

一盏煤油灯照着漆黑的供桌
我的族人们正在祈祷
祈愿来年风调雨顺
祈愿人间没有厉鬼
昏暗的灯火闪烁，照着供桌上
张开獠牙的猪头

2022—7

我思故我在

两块石头之间爬着一只蚂蚁
两个漩涡之间漂着一条死鱼
两颗星球之间坐着一个上帝

2022—9

在黑暗中

在黑暗中，人的肉体腐烂得很快
很彻底。加上梦的腐化剂
就更快，更彻底
在黑暗中，要避免从梦中醒来
要稳稳地躺着，不要翻身
以免滚下床来
变成一堆失眠的白骨

2022—10—2

孤独的月亮

我反复徘徊在沙滩上
波浪反复向我奔涌
每一次退却都带走一串脚印
而留下美丽、孤独的月亮

2022

返航

当我返航,大海没有影子
只有黑暗的回声,更加深邃
一种哭泣般的祈祷
把多余的盐送到眼中
我的瞳孔锈迹斑斑
踏上码头,我转身凝望大海
波浪仿佛自由的残骸

2022

辑六：
死亡十九首

死亡十九首

骨笛

我发明了一种乐器,它将代替我
去召唤灵魂
它将让令人恐惧的事情变得美好

在这堆新鲜的骨头中
我仔细挑选出一根
在变得缓慢的溪水中洗净
把肉剔刮干净
锯掉骨节,除去骨髓
再均匀地钻上七个小孔
我端详着它。放到嘴唇边试试

一种从未被听见的声音
好像被放大的呼吸声
令大地失神了片刻
让别的骨头颤抖地发出磷光
一根绳索趁机挣脱自己,逃向天空
而我走进一片乐于死去的树林

我把笛子放在一块石头上

让风继续吹奏

我凭声音就知道

它越来越光滑，通透

从孤独的内部就可以诞生光

夜色中，那些笛孔就像七颗星星

猫头鹰在树上紧紧地

盯着它们，再也无法入睡

黑夜

太阳在一切事物身上涂抹黑色

从而创造了黑夜

一只灼热的手抚摸着

我童年的黑脸蛋。现在

黑夜像一个老处女，丰富而荒凉

我最不喜欢的时刻

听见灯芯聒噪

而火越来越暗。我们睡着了

月亮

我们围着火和灰烬

影子在地上起舞

那随时破灭的月亮

像一只气泡飘飞

黑暗中，死亡嗡嗡叫着
叮了我们一口

我们的皮肤隆起
一块红色的小墓碑

在人世，每增加一盏灯
都使黑暗更痛苦

野花

我们三人坐在那里
坐了很久。我们四下望
是无尽的青山
我们向上看，是孤单的天空
我们往下瞧
是躺着做梦的人
一只鸟在坟前轻轻啄着
似乎在叩拜
又突然飞起
仿佛惊魂未定的记忆
夕阳像鼓圆了身子的蟋蟀
蹦进草丛
我轻轻踩着一行荒芜的诗
来到墓碑前
你们在背后喊我

一个被刻得如此之深的
名字，这个名字正被呼喊

记忆

我像村东头的那个石匠
握着尖锐的凿子，挥舞着锤子
默念着你的名字
想从石头里凿出灵魂

露天的丧宴结束后
一只鸟啄着一根
丢弃在地的白骨
想从骨头里啄出肉

黄昏，多么坚硬的虚空
你的名字依然
不断迸溅出碎片
落日依然散发着饥饿的光

石头上的名字

我也许是昏睡的星球
你也许是那块坚硬的石头
被赋予脆弱的生命
被一把凿子

强行凿入：一个名字

而我再次从呼唤中醒来

用仅剩的两根骨头敲打着

两只虚无的耳朵

这颤动的成人的黄昏

这欢快的孩子的黎明

骨头

黄昏的鞋子东一只西一只

被脱在黑夜的床前

门虚掩着，轻轻一推就开了

一对沉浸在记忆中的舞伴

青草从他们的脚印长出

保持着优美的舞姿

从泥土中可以听见

蚯蚓那断成两截的音乐

嘘，别惊动他们。钥匙躺在草丛里

被狗舔得干干净净

晚上，它能凭借磷光

找到那黑暗的锁孔

辨认

鸟辨认着墓碑上的字迹

把它们唱出来
而不是说出来
野草辨认着荒无人迹的路
向天边低低飞去
蟒蛇般的黑藤
穿过岩石，在坟上游走
它认出了你
变成一把藤椅，邀请你坐下

拐杖

死后你将在某处醒来
并独自返回。光像
一朵花，落在你身上
以一种熟悉的姿势

你将重新理解这个世界
当你看见一根拐杖倚在门口
它在和门说话
但门紧闭着眼睛，沉默着

你知道，瞳孔里混沌
幽暗，空无一人
就像你头顶的天空
清澈，明亮，空无一物

春天

泥土般松软的椅子
打着呼噜的鼻尖

喵,一个新的季节之神
盯着开始发育的鸟儿

当我熟睡之时
我的语言正慢慢康复
死亡,一首动了小手术的诗

挽歌

每年的这个时候
有人来看望你

草的笔迹潦草
一篇生来为了被烧掉的
悼词

岩石上的花开得很慢
仿佛永恒
就是一种慢

蒲公英

我们都在坠落
只有你飞了起来,越飞越远
像个毛茸茸的先知
没有刮胡子

我们都向下穿越泥土
而风借你的身体还魂
只需要一个预言
你就能落下来,独自在未来生根

大地

大地用秘密的声音告诉你
逃离墓穴的唯一方法
就是化作一株无名的植物
穿过腐朽的名字,向上生长

而大地是一个强壮的灵魂
同时在你躺卧的地方扎下根
用力攥紧蓬松的泥土
让你的死亡变得坚固无比

它的指甲长进了你的手指
它的眼睛占据了你的眼眶

你听见一股泉水的声音
环绕着你好像不朽的星空

而大地也是一朵花,你可以
透过它观望虚幻的梦境
你的手可以握住另一只手
轻轻旋转着花冠,好像万花筒

摄魂术

有人把一只相机遗落在墓地里
一位死者站起来,举起它
对着善于遗忘的黑夜
按下快门

(骨头咔嚓作响,磷火像是闪光灯)
并把底片丢进河里
梦将渗入底片
就像显影液

河滩上

河滩上,月光照着满地的碎牙齿
你潜入河水的底部
用圆润的小石头算命
选定一个死亡的日子

令人疲惫、绝望
浮上水面,你听见微弱的呼救信号
仿佛发自迷失的飞船
从你自己黑暗的宇宙传来
是另一个你发出的呼救

沙漏

在我的两只耳朵之间
是灵魂细小的管道
它们形成了死亡的沙漏
装满沉默的沙子

每天我侧睡,以便
让日漏进夜,让夜漏进日
不停地延续新的生命
每天,太阳不停地翻身

把响亮的光漏进
另一个透明的瓶子
时间多么灼热
需要一次彻底的颠覆

回家

这人世仿佛一座小树林

我匆忙走着,看见两个老人
在清扫落叶,燃起一堆火
他们燃起的火让黄昏迅速笼罩
这片充满不幸死亡和新生奇迹的树林
我听见苍茫中有人呼唤我的名字
那呼声从童年传来,就像
一片干枯的叶子,坠落在火里
使黑暗呈现出火焰的脉络
而我喘息着,倚向一棵枫树
我以为它是风的家
一棵槐树向我招手
它以为自己是鬼魂的家

秋天的风暴

在一座小镇上,一匹马
不像一匹马,而像一首诗
我正在默读的诗,被谱上曲子
长出了马鬃,被一双手紧紧抓住
在一座深深的山谷,汇聚了
整个世界黑暗的雨
死者们聚在一起,像昨夜的
风暴一样饮酒。他们烂醉如泥

我是个擅长写死亡的诗人

我是个擅长写死亡的诗人
尽管我惧怕死亡
那么多死者都忘记了死亡
而我替他们牢牢记着

我把它凿刻在石头上
刻得很深,比做过的梦还深
我在黑夜野蛮的脸上描画它
像是原始部落的涂鸦

我熟练地把红墨水灌进
一个名字干枯的血管
让它变得鲜红,触目惊心
就像用红油漆填写苍白的墓碑

我是个擅长写死亡的诗人
尽管我不擅长死亡
我不停地抚摸着冰凉的地板
我擅长让水泥长出杂草

风,仿佛来自前世的呼喊
从窗外吹着我的前额
凝聚了多年的云,就像灵魂
化作空气中厚厚的青苔

我不停地抓挠着,仿佛在抓痒
我挖着墙壁,像挖一张白纸
我要把韵律的皮肤抓破
让一行诗的骨头显露出来

我是个擅长写死亡的诗人
尽管我写得这么少
我的诗中没有多余的泥土
但足以埋葬一个时代

或至少,覆盖一撮灰烬
在这个被迫火葬的世界
大地依然珍藏着时间
词语的叶子静静腐烂

死亡的洞穴继续生长
成为脚下黑暗的天空。今夜
当那么多死者恢复了记忆
只有我替他们悄悄忘记

死亡又十九首

暮归

日之夕矣,那些无家可归
的石头散布在山坡上
它们练就坚硬的本领
被人类抛弃的古老技艺
在树林中复活。转瞬之间
我已成为一个来自冥界的诗人
最后的鸟飞回幽暗的枝头
而流水再也无法回头
破碎的脚步声变成叹息
仿佛发自苍老的树洞
它的回声,却变成隐秘的呼吸
我必须在苍茫的暮色中
穿过一座座更加苍茫的坟墓
沿着一条即将消失的道路
走向开始沉睡的人间
我知道我根本无须惧怕
没有一个鬼魂跟着我
也没有一块墓碑挽留我
树林里,死亡在钻木取火

死亡之诗

每年八月初一的早晨
我跟着祖父去上坟
当我用树枝或毛笔,蘸着红油漆
为曾祖和高祖的名字描新
他们在阳光下顿时变得鲜亮
一起穿越死亡重回人间

我把人世的那么多笔画
送给一首死亡之诗。这是后来
我成为一个诗人的事情
我每天采集黑木耳
秘密养活它,这样我就能
在那些幸存的事物身上看到死亡

现在我每个黄昏喝得微醺
酒是死亡的液体
酒让我感觉,我是枝叶里暗淡
的泥土,也是根须里
透明的空气。很快我将听见
一只黑鸟滴落,而一群白露高飞

秘密

凌晨一点十五分,他变成那棵

粗大、苍老、孤独的树
躺了那么久，第一次
对世界有了一种垂直的感受

凌晨两点，他掏空自己的年轮
好像一口干枯的井
井底储存的梦，暗褐色的
干果，多如消失的星辰

凌晨三点，一个灵魂
活着走进他敞开的身体，像一阵风
又活着从他破碎的叶子走出去
像一阵战栗

凌晨五点半，他在等待
那些被秘密折磨的人
把头探进他幽深的洞穴
说出的秘密都将抵达根部
在清晨长成似曾相识的花朵

活棺

你是活的墓碑，活的棺材
你也是活的寂静，活的遗忘
你呼吸着秘密，轮回的空气
你也倾听着空气，轮回的秘密

你先垂直于大地，然后努力
平行于天空。身体和灵魂
像彼此远离的亲人，终将相聚
像某个夜晚，做着深入彼此的梦

你梦见你是一个虚无的倒影
用柔软的舌头舔舐流水
你也梦见你是一头长颈鹿
被双手灵巧的木匠精心解剖

我梦见我是抱着你的一个孩子
我也梦见我是抱着你的一团火
我的梦在你梦里挖了一个
深深的洞穴——我向你呼喊

鬼魂饮酒

今夜，你纵身跃进风之流水
急切地向我隐居的地方漂来
我感到泥土的战栗，长满哭声的
堤岸正在晃动，也听到了
神秘的笑声，白骨敲击的歌声
我抚摸四壁，打开墓穴的天窗
窗棂是折断的箭杆，翎毛
已被鸟带走。而你径直漂进
这个摇曳着青草的酒杯里

它曾经和你一起飞向天空

却被一只流血的手丢弃在这里

我合上书本,邀请你饮酒

于是我们一起坐在杯中

在我们的唇边,依然有血的滋味

有萤火虫在黑暗中采集的星光

墓园

我在下午的墓园里写诗

清风吹着我一人。写着写着

我变成两个人。写着写着

我变成三个人。仿佛在我身上

有很深的裂缝。仿佛墓穴

有很深的裂缝。写着写着

松树就遮住了天空。写着写着

一双眼睛就在泥土中睁开

我看见一枚野果子突然掉落

像韵脚在地上蹦跳了四次

我听见清风吹着流水

写着写着,黄昏就满山呼唤我

写着写着,我的心脏

已深深刻着一首墓志铭

等候

我使劲拔草,山突然变
矮了。我捧起黄土
它被洞穴吸走
就像风吹走炉中的香灰

我顺着泥泞的脚印走去
雨已经下了很久
天空中,几只眼睛找不到脸

途中,在简陋的雨棚下
有许多人在避雨
我挤到他们中间
而他们仿佛在等我

我一定还活着,否则不会痛苦地
感觉到,我已死去很久

墓国

你环顾四周
那些都是邻居们的名片
有人来访时
却没有手递给他们

你没有名片
只有帽子挂在树枝上
被雨淋湿
像倾覆的鸟窝

没有人知道你的名字
在你幽闭的一生中
只有磷火来看你
死神从未召见你

火焰

雨从田野一直下到城市
死亡追随着雨滴

我不会把窗关上。我看见
灵魂，潮湿的木地板
微微翘起。现在

雨停了。流星在窗玻璃上
我和死者交换世界
一朵花回到幽暗的茎中

他们永远不会复活
但会热烈地拥抱我，用另一种语言
向我飘飞的血液致敬

清明

雨中的山路就像一条响尾蛇
每一个脚步声都渗出毒液

穿过荆棘丛,我的舌头
缩小成一根黝黑的刺
接着又肿胀成一朵红色的花

我们用镰刀替青山梳理着湿漉漉的长发
我把指尖伸向泥土,仿佛感觉到
魂灵的头皮发痒

鸟的分身术令人晕眩
没有一片云对我说话

冬日黄昏

鸟儿在天空中游荡了一天
现在该回家了
它们落下来时,与黑色的巢穴
同时伸出枯瘦的爪子,紧紧抓住对方

而落日还在孤坟上鸣叫
我看见它落在
一棵松树的树梢

但没有站稳
张开黑色的翅膀平衡身体

幽暗的记忆

在暮色笼罩我之前
一片奇异的光，仿佛
遍布山中的死者
正集体回忆
在这神秘的仪式中
一个幽暗的记忆
在天空破碎的大衣里
因熟睡而变脆

我的手

我举起我的手，它带来了暮色
让万物收回了自己的影子
我的手，就像一块沉默的石头
拒绝成熟，但不拒绝
那株倚靠着它的野麦穗
我喜欢坐在墓园里剪指甲
瞬息间，那些墓碑就紧贴大地

锦囊

我不认识埋在泥土里的这个人
但我认识栽在坟前的那棵树

它苦涩的枝条,一到春天
就结满了神秘的小锦囊

一阵紧急的风把锦囊吹开
用死亡的妙计,对付人间的诡计

雨后

叶子更绿了。阳光更明亮
更温暖了。经历了一场痛哭
天更蓝了。流水更像清澈的乐器了
鸟儿更像山林的主人了
热情地招呼每一位新来的死者

夏天

夏天,雨水剥蚀的墙
腐烂的肉体
咕咚咕咚的下水道
像被哭声浸泡的喉咙

异乡

整夜,他躺着倾听
窗外一只蟋蟀的叫声
现在他懂了,死亡是一种方言

墓志铭

你的倒影里游动着一条鱼

辑七：
夜饮：魏公村三章

流水：石肚溪三章

一　晨泳者

请进。我一头扎进河水中
仿佛扎进新鲜的空气
我潜入一朵睡眼惺忪的云
然后像蜻蜓的尸体浮游

河床上铺满未孵出的卵
在颤动的羊水里静静呼吸
薄雾生出了青苔
突然我想长啸，变成

那只不谙水性的鸟，张开双臂
在陌生的波光里浮沉
但是我张大的嘴巴
露出一条鱼的惊讶和喑哑

二　溺水者

请进。我们越走越深
水漫到肚脐，水漫到胸口
水淹没我们。从我们黑暗的源头

传出被呛住的呼声

我们得救了。关于死亡的记忆
一座比水流得更急的桥
波光中我们紧握栏杆
像喘着粗气,在岸边挣扎的泡沫

现在,我清晰地记起
那只浮在水面上远去的拖鞋
只是不记得我们中的哪一个
正光着一只肮脏的脚,走回家去

三　垂钓者

请进。河流的门虚掩着
只有风那尽力克制的涟漪
一双灵巧的手在家中
以溺毙的日子编织毛衣

她坐在年久失修的堤岸
那破败的长条凳上
棒针在她手中游动着
如钓竿的影子。在微弱的波光下

除了贫穷,没有别的钓饵
而你悄声推开门

弓起赤裸的身子,像冰冷的钓钩
再次穿越漩涡般的子宫

劳作：樟树下三章

一　耕种者

几条狭长的田埂包围着他
保护着他：他在人间劳作
担心人类的粮食粗粝
他把泥土敲打得很细腻
他不再是迷恋空气的男人
也不再是那个倚在门口的少年
他的身体里，萌动着陌生的种子
几粒仁慈而黑暗的种子
陪伴着他，消耗着他
现在他像落日一样反复
在黑色的大地上播种自己
现在他是所有耕种者中最勤劳的
用闪光的锄头翻着永生的死亡

二　劳作

仁慈而黑暗的泥土啊
整夜我在人间劳作
收获的却是稀疏的晨星
它们还凑不成一行诗

整夜我像风一样喘息
它在我的身体里消失
我没有信仰,却善于祈祷
只有我倾听我自己

我没有自由,却善于遁逃
无论土遁,还是火遁
一只老鼠在我遗弃的粮仓里
每天偷走一点粮食

三 收获

他在大地上耕种
粮仓却在天上
今年,收获何其少啊

他的身体也储存着
神秘的粮食
今生,收获何其少啊

他自己也变成一粒种子
沉睡着,吸收黑暗的力量
在清晨钻出泥土

孤零零的,收获何其少啊

夜饮：魏公村三章

一 夜饮

我们再次一饮而尽
今夜，我们喝了多少
黎明，只剩下一杯胆汁
离去之前，我们歪歪倒倒地起身
在那个肮脏躁动的小酒馆旁
拉开牛仔裤的拉链
黑暗从我们的尿道射出
在阴沟中急速翻动

二 夜饮

在院子里喝酒，一开始
是惬意的。接下来
酒精让我们的身体变得昏黑
充满愤怒和失败
像一团团乌云
在我们头上，树枝挂满了空瓶子
被风拷打着
发出叮叮当当的
悦耳的屈服声

只有最远的那只
孤零零的,保持着沉默

三　夜饮

我们都会记住这恐惧或美好的一夜
我们知道黑暗是灰烬的替身
就像我们是死亡的替身
影子在墙壁上被放大
当你用力摔打空瓶
发出尖利、破碎的声音
玻璃碴溅到我们的舌尖上
虚无从高高的巢穴
俯视着我们
我们带着醉意互相呼唤
而我们的名字
已变成残存的泡沫
但我们依然记得
那一夜停止的挂钟
指针微微颤抖

黑鸟：白莲洞三章

一 乌鸦

我来到这个世界
是为了看望和我一样悲伤的事物
而不是打扰快乐的你
你不在我站立的枝头和窗台

枝条横伸在我脚下
死亡的窗棂只剩一堵墙
你像一个自动销毁的证据
而我看了这么多，经历了这么多

我听到过汽车拙劣的嘶鸣
午夜的呻吟和那些纯粹的哭声
看到过十字架和景泰蓝
手掌从体内撑开，等待合拢

我来到这个世界
看见变得悲伤的你
我张了张嘴——而羽毛的嘴巴
张得更大，天空的舌头更黑

二　黑喉鸟

一只鸟躲在我的喉咙里
如果我张大嘴巴，你可以看见
它被拔光了羽毛
像一只宰杀后的鸡

露出黑色的皮肤。它不是
飞进来的，而是
从我的瞳孔里跳进来的
但它从不在我的眼睛里出现

也从不啼叫。它的爪子
因为恐惧而抓得紧紧的
一直扎进沉默里，使我的声音
渗出了鲜血。有时

它像是倒挂在树上，把头探进
我黑黢黢的胸口
它警惕地寻找着食物
我献上一串蠕动的心跳

三　啄梦鸟

夜里，一股痉挛的呼吸
从你灌木丛生的根部上升

在一片叶子的面具上
化作脉络。一块黑斑盯着你

它也许是你身体的一部分
也许只是星光。它啄着
你的肚子、手臂、胸膛
你隐约听见了猫头鹰的叫声

饥饿，一群蠕动的回声
它飞上你陡峭的额头，就像一个
宗教诗人，坚硬的嘴巴
犹如信仰在它脸上生根

它从未像风一样推开窗户
也从未和你一起散步
它蹲在那里，笃笃工作着
从噩梦中揪出白色的虫子

大海：东澳岛三章

一　在沙滩上遇见一条鱼

在这狭长的沙滩上有一条鱼
它遇见我时不知为什么
把头深深埋进沙里
它的尾巴和一只失散的鞋
挨在一起。几分钟前

我还在大海里游泳
现在我们都赤裸着，毫无防备
尖刺藏在我们皮肤下面
鳞片上闪烁着落日的余晖
我们的肺中还弥漫着一股咸腥味

也许我们应该一起讨论
沙子和盐的相似性
我把它挖出来，而它瞪着我
透过沾满沙子的目光
我看见了圆鼓鼓的海水

二　在海边捡拾古陶碎片

它们是什么时代的
这是一个谜
只能肯定地说
它们是碎片
而大海依旧完整

在碎片上我辨识文字和图案
有一个简单的图案
抽象，不知道什么意思
但吸引了我
我把它装进包里

大海的图案更简单，更抽象
它的涵义，也许要问
那些渊博的学者
那些完整的陶器，它们
像隐士一样居住在海底

三　在海上谈论死亡

弧形阳台，孤独的船
一只热气球的
吊篮，在波浪中摇晃
黑暗的记忆喧哗着，托举着我们

你的声音落在蓝色桌布上
一把挂着海藻的鱼叉
月光那咸涩的根须
守护着一个原始女人的子宫

整夜，死亡和她的听众
挨得多么近，就像潮水和岸
当海水慢慢退去
而早餐时间未到

小岛在你脚下绝望地醒来
没有事物替代它
它伸入海水中太远，就像无人能替代的
死者，伸入死亡中太远

当我们从那里
悄然返回，人们在仔细辨认后说
其中有一两张脸
被海水浸泡过

幻象：银桦路三章

一　枯坐

你枯坐着。你的影子
和黑夜混为一体
在你的记忆里，可以找到几根

不属于你的毛发
从你的心脏里
可以拽出一朵孤独的乌云

一群蚂蚁忙碌地从远处搬来
一个个洞穴，填满你的身体
在午夜的宝座上
那只闪光的蚁后注视着你

窗外，一个淡淡的印记
正重新长成死亡
你转身，向窗户献出头颅
犹如一条浑圆黑暗的舌头

二　这么晚了

这么晚了，你还没有回来
你在晚上七点钟出去
而现在，已将近凌晨两点半
四周没有一点声息

墙上挂着的那些照片里的人
也已闭上眼睛，放弃等待
就像放弃明天的复活
窗外的月亮，一块疲惫的石头

在云中躺卧着，仿佛抽屉里隐藏的记忆
弧形的落地灯蜷缩在
黑暗的角落，像失去自由的闪电

你的身体里，有一扇门在哭
它渴望一块手帕
而归来者递上的是舌头

三　隐秘的窗户

你的房间，有一扇隐秘的窗户
写作时你把它打开
不时地抬头，透过窗户
凝视天空，寻找新的秘密

做爱时你把它紧闭
总是低头,透过情人的脸
犹如透过美丽的窗帘
凝视另一片天空,寻找欢乐的源泉

这扇窗,让语言呼吸
让肢体窒息。或者
让肢体呼吸,让语言窒息

而从打开或关闭的窗户,鸟都将
飞进你的身体,一声啼鸣
都将涌出你黑暗的喉咙

喘息：日月湖三章

一　我的缰绳拴在你的耻骨上

我的缰绳拴在你的耻骨上
马鞭悬在腰间
窗外，长满丰美的水草
我曾想撒开四蹄奔跑
但我内心的嘶鸣化作一阵阵喘息

你伸展开躺在那里，沉睡着
雪山向大海危险倾斜
而我站着睡觉，随时准备醒来
在你身上自由踢踏
我的梦醒着，像炽热的马蹄铁感到重量

它用力地踢打那想骑上你的
两片疯狂的嘴唇
这个地方最危险的敌人
风把我的鬃毛扬起。我拽着
我的缰绳：这挣脱不了的羞耻

二　你像黑夜在荒野上狂奔

你像黑夜在荒野上狂奔
身体里挤满了梦游者
你的尾巴像一根针在飞行
坚硬的鬃毛耸起
向森林示威：那些燃烧的叶子

在你的眼睛里落下灰烬
你的鼻孔喷吐着黑烟，那里
曾竖着高高的烟囱
折断了——你痛得像一只公鸡打鸣
是时候了！你在铁轨上猛然站住

那爬满血色牛虻的尾巴
直直翘起，刺进天空
一朵云在你尖锐的喘息中停下
睁开突然变黑的
眼睛：一道无名的裂缝

三　在你的名字中蕴含着沉默

在你的名字中蕴含着沉默
和消失。最后的夜晚
像一条痉挛的尾巴扫过
所有的梦被摄入漆黑的毛孔

天空收集着漂浮的眼睛

你的脑袋继续向前飞驰
只有那双尖角回头盯视
当时代消费着自己的后代
忽闪的灵魂停止在
那一刻,你在日月湖边饮水

直到辞去人马座的教席
如今,你在隐匿的词语深处
喘息着,独自孕育另一个宇宙
每一颗星星都在夜的腹中
用裂开的蹄子敲打大地

隐士：界狮路三章

一　流水

整个漫长的下午我都在岩石上
写诗。像女人的裸体
美丽的岩石给了我灵感
我像鸟一样啄着青苔
或偶尔掉落的松果
想把它们嵌进诗中
最终，我写出了一首
美妙的三行诗——如果不算
掉进岩缝的那一行
它从未在任何人的记忆中
出现过，如同一根灰色
轻盈的羽毛。当我在黄昏
摆开飞翔的姿势，对着一片荒野
朗诵这首诗，一股流水的声音
堵住墓碑窃听的耳朵

二　潭经

背对着瀑布，坐在岩石上
水流从脊背冲刷而下

骨头想哇哇大哭

深绿的潭水

紧紧收缩着

在别的女人的子宫里

我再也没有听见

儿时第一声哭泣的回声

我成熟的肉体

睡觉时依然蜷着

在另一块岩石上

一条蛇,犹如瑜伽大师

当它直起身子,潭水

一阵猛烈阵痛

一尾红色的鱼跃出水面

三　寻隐者不遇

我和他相逢在狭窄的山路上

他远远踢来一粒小石子

我俯身捡起一个好名字

我们避让着,一人攀附在岩石上

像鸟嘴掉下的枯枝

没有询问和回答,天空

晃动着灰暗的镜子

深涧弯弯曲曲,石头
使流动的时间泛起波纹
松针缝着一件破风衣。没有云

架起独木桥,只有悬崖边
滴着汽油的雷声
催促我快点回去
我承认,这首诗
是在轰隆的公共汽车上写的

暴雨：马孔多三章

一　暴雨将至

暴雨将至。大地的脸
像一片干枯的叶子
他必须浇灌自己，才能继续活下去
他的记忆被修葺成
两个蓄水池，而取水的人
提前到来，挽着闪电的裤腿

二　暴雨

暴雨穿过沉重的眼皮，冲洗着
另一副模糊的面孔。暴雨从黑暗的镜中
悄悄拿走了死者的衣服
让他们娇嫩的身体裸露在外

暴雨使这座房屋变成危险的孤岛
当一艘船驶来，一根被埋葬的骨头
会蓦然挺立，警告它
不，也许，它将成为一块暗礁

三　暴雨过后

暴雨过后，我们重新
来到大地上。树枝上挂着
被雷击中掉落的闪电

仿佛滴着水珠的白丝巾
我们在阳光下挥动丝巾
却没能照亮那些湿漉漉的影子

我们看见一群蚂蚁爬过
拱出地面的石头、树根
它们的旅途难以想象，不时被流水阻拦

我们听见自己突然停住的脚步
在我们身后，泥泞的脚印
被迅速晒成泪水干枯的眼睛

而影子像突然飞过天空的鸟儿
扇动着翅膀上的裂缝
风穿过裂缝，就像穿过幸存者的眼睛

裂缝：地球仪三章

一　黑夜的裂缝

我来了，我跟随
一个裂缝而来。很久以前
黑夜就预言了这个裂缝
那里塞满了秘密集会
蚂蚁的集会，麻雀的集会
各种声音的集会
我需要耳朵使用指南，不用你教我
怎么使用眼睛。我需要听见
大地的商店播放的音乐
而不是黑暗的橱窗
从这个裂缝诞生的，还有我的心
一个隐秘的地球仪
不，我不是一台精密仪器
尽管我的梦如此精妙
就像天花板挂着的熄灭的水晶灯

二　波浪的裂缝

当史蒂文森说惠特曼
像一只没戴狗链的

粗毛大狗,在世界的沙滩上
嗅来嗅去,然后对着月亮吠个不停
我就感觉大海仿佛患了精神病
正耸起全身的耳朵
烦躁地听着。而我也
朝着波浪汹涌的窗外狂叫
我叫了一百五十年
古老的月亮是我的主人
一条明晃晃的狗链拴住我的脖子
沾满了亮晶晶的口水
我吠个不停,一口气也没喘
直到谁从沙子般密集的黑暗中
向我扔来一根死亡的骨头

三　永恒的裂缝

早晨,我想写一首永恒的诗
纪念又一个失踪的夜晚
我想以赖床对抗新的一天
然而憋胀的膀胱逼迫我
以一泡尿哀悼迅速流逝的时间
我咳嗽着点燃一根烟
烟头闪烁着,像窗外慢慢上升的太阳
我发现身后的道路,是即将坠落的
灰烬。我抬头仰望卷着泡沫
远去的蓝色天空,想起曼德尔施塔姆

在饥饿、寒冷和辽阔的流放地
卷起死亡的铺盖。我发现
这首黑色的诗,每一行
都有一条白色的裂缝
空无的意义像寒风钻进来